हिन्द पॉकेट बुक्स

हमारे देशभक्ति गीत

तेजपाल सिंह धामा हिन्दी साहित्यकार एवं सामाजिक कार्यकर्ता हैं। *हमारी विरासत* (शोध-ग्रंथ) इनकी प्रसिद्ध रचना है। इन्होंने हैदराबाद से प्रकाशित *दैनिक स्वतंत्र वार्ता* एवं दिल्ली से प्रकाशित *दैनिक विराट वैभव* एवं *दैनिक वीर अर्जुन* के संपादक विभागों में दशकों तक कार्य किया। उत्तर प्रदेश के बागपत जिले के खेकड़ा शहर में जन्मे तेजपाल सिंह धामा मुख्यतः इतिहास पर लिखने वाले साहित्यकार हैं, जिनकी इतिहास से सम्बन्धित अनेक पुस्तकें छप चुकी हैं। इन्हें अनेक साहित्यिक एवं सामाजिक पुरस्कार प्राप्त हो चुके हैं। शहीदों पर लिखने के कारण इन्हें 2017 में संस्कृति मंत्रालय भारत सरकार ने 'संस्कृति मनीषी' पुरस्कार से सम्मानित किया है। इनके बहुचर्चित उपन्यास *अग्नि की लपटें* पर ही भंसाली प्रोडक्शन की विवादास्पद फिल्म *पद्मावत* का निर्माण हुआ है। इन्होंने कई फिल्मों की पटकथाएँ भी लिखी हैं।

लेखक की अन्य पुस्तकें

- हमारे राष्ट्रीय खेल
- हमारा राष्ट्रीय पुष्प कमल
- हमारा राष्ट्रीय पक्षी मोर
- हमारा राष्ट्रीय गीत
- हमारी राष्ट्रीय संस्कृति वैदिक
- हमारा राष्ट्रीय फल आम
- हमारा राष्ट्रीय चिह्न अशोक चक्र
- हमारा राष्ट्रीय वृक्ष बरगद
- हमारी राष्ट्रीय जलचर डॉल्फिन
- हमारी राष्ट्रीय नदी गंगा
- हमारा राष्ट्रीय ग्रंथ गीता
- हमारे राष्ट्रीय पर्व और दिवस
- हमारे राष्ट्रीय स्मारक
- हमारा राष्ट्रीय ध्वज तिरंगा
- हमारे राष्ट्रीय विरासत स्थल
- हमारी राजभाषा हिन्दी
- हमारे नेशनल पार्क
- लोकप्रिय बाल गीत
- हमारे राष्ट्रीय गीत
- शहीदों के अमर गीत
- महाभारत की कहानियाँ
- पुराणों की कहानियाँ
- रामायण की कहानियाँ
- बेताल पचीसी, दो भागों में
- महापुरुषों का बचपन
- महाराणा प्रताप
- बहादुर बेटी मलाला

सुरुचिपूर्ण एवं प्रेरणादायक सचित्र गीत

हमारे देशभक्ति गीत

तेजपाल सिंह धामा

हिन्द पॉकेट बुक्स
पेंगुइन रैंडम हाउस इम्प्रिंट

हिन्द पॉकेट बुक्स

यूएसए | कनाडा | यूके | आयरलैंड | ऑस्ट्रेलिया | सिंगापुर
न्यू ज़ीलैंड | भारत | दक्षिण अफ्रीका | चीन

हिन्द पॉकेट बुक्स, पेंगुइन रैंडम हाउस ग्रुप ऑफ़ कम्पनीज़ का हिस्सा है,
जिसका पता global.penguinrandomhouse.com पर मिलेगा

पेंगुइन रैंडम हाउस इंडिया प्रा.लि.,
चौथी मंजिल, कैपिटल टावर 1, एमजी रोड,
गुरुग्राम 122002, हरियाणा, भारत

पेंगुइन
रैंडम हाउस
इंडिया

प्रथम हिन्दी संस्करण हिन्द पॉकेट बुक्स द्वारा 2014 में प्रकाशित
यह हिन्दी संस्करण हिन्द पॉकेट बुक्स में पेंगुइन रैंडम हाउस द्वारा 2022 में प्रकाशित

10 9 8 7 6 5 4 3 2

इस पुस्तक में व्यक्त विचार लेखक के अपने हैं, जिनका यथासंभव तथ्यात्मक
सत्यापन किया गया है, और इस संबंध में प्रकाशक एवं सहयोगी
प्रकाशक किसी भी रूप में उत्तरदायी नहीं हैं।

ISBN 9789353491277

मुद्रक : मणिपाल टेक्नॉलजीस् लिमिटेड, भारत

www.penguin.co.in

FSC
www.fsc.org
MIX
Paper | Supporting responsible forestry
FSC® C043100

This is a legitimate digitally printed version of the book and therefore might not
have certain extra finishing on the cover.

रचना स्रोत

वैदिक वाणी

धरती माता के बारे में हमारे वेदों में कहा गया है : माता भूमिः पुत्रोऽहं पृथिव्याः (भूमि माता है, मैं पृथ्वी का पुत्र हूँ।) और वालिमकी रामायण में - जननी जन्मभूमिश्च स्वर्गादपि गरीयसी (जननी और जन्मभूमि का स्थान स्वर्ग से भी ऊपर है।)

असंख्य देवों में भी धन्य

गायन्ति देवाः किल गीतकानि धान्यास्तु ये भारतभूमिभागे।
स्वर्गापवर्गास्पदहेतुभूते भवन्ति भूयः पुरुषाः सुरत्वात्।

असंख्य देवों में भी धन्य, यहां पर हैं वे लोग
स्वर्ग और मोक्ष पाने को, भरतभूमि में जो करते योग

अब कोई गुलशन न उजड़े अब वतन आजाद है

अब कोई गुलशन ना उजड़े, अब वतन आजाद है
रूह गंगा की हिमालय का बदन आजाद है

खेतियाँ सोना उगाएं, वादियां मोती लुटाएं
आज गौतम की जमीं, तुलसी का वन आजाद है

मंदिरों में शंख बाजे, मस्जिदों में हो अजां
शेख का धर्म और दीन-ए-बरहमन आजाद हैं

लूट कैसी भी हो अब, इस देश में रहने न पाए
आज सबके वास्ते, धरती का धन आजाद है

'मुझे जीने दो' फिल्म के इस गीत को साहिर लुधियानवी ने लिखा है। जिसे अपने संगीत से जयदेव ने सजाया है और रफी जी ने इसे गाया है।

रचनाकार

शकील बदायूंनी

3 अगस्त 1916 को उत्तर प्रदेश के बदायूं में जन्मे शकील ने बच्चों के लिए एक से बढ़कर एक गीत लिखे, उनके गीतों को फिल्मी दुनिया में सिल्वर स्क्रीन पर खूब साकार किया गया।

अपनी आज़ादी को हम हरगिज मिटा सकते नहीं

अपनी आजादी को हम हरगिज मिटा सकते नहीं
सर कटा सकते हैं लेकिन सर झुका सकते नहीं

हमने सदियों में ये आजादी की नेमत पाई है
सैकड़ों कुरबानियाँ देकर ये दौलत पाई है
मुस्कराकर खाई हैं सीनों पे अपने गोलियाँ
कितने वीरानों से गुजरे हैं तो जन्नत पाई है
खाक में हम अपनी इज्जत को मिला सकते नहीं
अपनी आजादी को...

क्या चलेगी जुल्म की अहले वफा के सामने
जम नहीं सकता कोई शोला हवा के सामने
लाख फौजें ले के आए अमन का दुश्मन कोई
रुक नहीं सकता हमारी एकता के सामने

हम वो पत्थर हैं जिसे दुश्मन हिला सकते नहीं
अपनी आजादी को...

वक्त की आवाज के हम साथ चलते जाएंगे
हर कदम पर जिंदगी का रुख बदलते जाएंगे
गर वतन में भी मिलेगा कोई गद्दार-ए-वतन
अपनी ताकत से हम उसका सर कुचलते जाएंगे
एक धोखा खा चुके हैं और खा सकते नहीं
अपनी आजादी को....

हम वतन के नौजवां हैं, हमसे जो टकराएगा
वो हमारी ठोकरों से खाक में मिल जाएगा
वक्त के तूफान में बह जाएंगे जुल्मो-सितम
आसमां पर ये तिरंगा उम्र भर लहराएगा
जो सबक बापू ने सिखलाया, भुला सकते नहीं
अपनी आजादी को....

यह गीत 'लीडर' फिल्म का है, नौशाद के संगीत से सजे इस गीत को मोहम्मद रफी ने अपने स्वरों से अमर किया है।

रचनाकार

प्रदीप कुमार

पं. रामचंद्र द्विवेदी (प्रदीप) हिंदी साहित्य जगत और हिंदी फिल्म जगत के एक अति सुदृढ़ रचनाकार रहे हैं। मध्य प्रदेश के बड़नगर में जन्मे प्रदीप ने शायद यह कल्पना भी कभी नहीं की होगी कि सारे हिंदुस्तानी उनके सामने श्रद्धा से नमन करते हुए उनसे आशीर्वाद प्राप्त करके भाग्यशाली समझेंगे।

आओ बच्चों तुम्हें दिखाएं झांकी हिन्दुस्तान की

आओ बच्चों तुम्हें दिखाएं झाँकी हिंदुस्तान की
इस मिट्टी से तिलक करो ये धरती है बलिदान की
वंदे मातरम ...

उत्तर में रखवाली करता पर्वतराज विराट है
दक्षिण में चरणों को धोता सागर का सम्राट है
जमुना जी के तट को देखो गंगा का ये घाट है
बाट-बाट पे हाट-हाट में यहाँ निराला ठाठ है
देखो ये तस्वीरें अपने गौरव की अभिमान की,
इस मिट्टी से ...

ये है अपना राजपूताना नाज इसे तलवारों पे
इसने सारा जीवन काटा बरछी तीर कटारों पे
ये प्रताप का वतन पला है आजादी के नारों पे
कूद पड़ी थी यहाँ हजारों पद्मिनियाँ अंगारों पे

बोल रही है कण कण से कुरबानी राजस्थान की
इस मिट्टी से ...

देखो मुल्क मराठों का ये यहाँ शिवाजी डोला था
मुगलों की ताकत को जिसने तलवारों पे तोला था
हर पर्वत पे आग लगी थी हर पत्थर एक शोला था
बोली हर-हर महादेव की बच्चा-बच्चा बोला था
यहाँ शिवाजी ने रखी थी लाज हमारी शान की
इस मिट्टी से ...

जलियाँ वाला बाग ये देखो यहाँ चली थी गोलियाँ
ये मत पूछो किसने खेली यहाँ खून की होलियाँ
एक तरफ बंदूकें दन दन एक तरफ थी टोलियाँ
मरनेवाले बोल रहे थे इन्कलाब की बोलियाँ
यहाँ लगा दी बहनों ने भी बाजी अपनी जान की
इस मिट्टी से ...

ये देखो बंगाल यहाँ का हर चप्पा हरियाला है
यहाँ का बच्चा-बच्चा अपने देश पे मरनेवाला है
ढाला है इसको बिजली ने भूचालों ने पाला है
मुट्ठी में तूफान बंधा है और प्राण में ज्वाला है
जन्मभूमि है यही हमारे वीर सुभाष महान की
इस मिट्टी से ...

यह 'जागृति' फिल्म का प्रसिद्ध गीत है, जिसे हेमंत कुमार ने संगीत दिया है और प्रदीप जी ने स्वयं ही गाया है।

रचनाकार

शकील बदायूंनी

शकील बदायूंनी को अपना पहला फिल्म फेयर अवॉर्ड वर्ष 1960 में प्रदर्शित 'चौदहवी का चांद' फिल्म के चौदहवीं का चांद हो या .. गाने के लिये दिया गया था। वर्ष 1961 में फिल्म 'घराना' के गाने हुस्न वाले तेरा.. के लिये भी सर्वश्रेष्ठ गीतकार का फिल्म फेयर पुरस्कार दिया गया।

इन्साफ की डगर पे, बच्चों दिखाओ चल के

इन्साफ की डगर पे, बच्चों दिखाओ चल के
ये देश है तुम्हारा, नेता तुम्हीं हो कल के

दुनिया के रंज सहना और कुछ न मुँह से कहना
सच्चाइयों के बल पे आगे को बढ़ते रहना
रख दोगे एक दिन तुम संसार को बदल के
इन्साफ की डगर पे, बच्चों दिखाओ चल के
ये देश है तुम्हारा, नेता तुम्हीं हो कल के

अपने हों या पराए सबके लिये हो न्याय
देखो कदम तुम्हारा हरगिज न डगमगाए
रस्ते बड़े कठिन हैं चलना सम्भल-सम्भल के
इन्साफ की डगर पे, बच्चों दिखाओ चल के
ये देश है तुम्हारा, नेता तुम्हीं हो कल के
इन्सानियत के सर पर इज्जत का ताज रखना

तन मन भी भेंट देकर भारत की लाज रखना
जीवन नया मिलेगा अंतिम चिता में जल के
इन्साफ की डगर पे, बच्चों दिखाओ चल के
ये देश है तुम्हारा, नेता तुम्हीं हो कल के

नौशाद के संगीत से सजे इस 'गंगा जमना' फिल्म के गीत को हेमंत कुमार ने अपने स्वरों से अमर किया है।

रचनाकार

प्रदीप

कवि प्रदीप का जन्म 6 फरवरी 1915 को हुआ था। उनका मूल नाम रामचंद्र द्विवेदी था। कवि प्रदीप 'ऐ मेरे वतन के लोगों' सरीखे देशभक्ति गीतों के लिए जाने जाते हैं। कवि प्रदीप की पहचान 1940 में रिलीज हुई फिल्म 'बंधन' से बनी।

इनसान का इनसान से हो भाईचारा, यही पैगाम हमारा

इनसान का इनसान से हो भाईचारा,
यही पैगाम हमारा, यही पैगाम हमारा...
संसार भर में गूंजे ममता का एक नारा
यही पैगाम हमारा....

नए जगत में हुआ पुराना ऊंच-नीच का किस्सा,
सबको मिले मेहनत के मुताबिक अपना-अपना हिस्सा,
सबके लिए सुख का हो बराबर बंटवारा,
यही पैगाम हमारा, यही पैगाम हमारा...
इनसान का इनसान से हो भाईचारा,

हर इक महल से कहो कि झोंपड़ियों में दीए जलाए,
छोटे और बड़ों में अब कोई फर्क नहीं रह जाए,
इस धरती पर हो प्यार का घर-घर उजियारा,

यही पैगाम हमारा, यही पैगाम हमारा...
इनसान का इनसान से हो भाईचारा,

यह गीत 'पैगाम' फिल्म का है। इसे सी रामचंद्र ने संगीत से संवारा है, तो मन्ना डे एवं साथियों ने स्वरों से अमर किया है।

रचनाकार

रामप्रसाद बिस्मिल

पंडित रामप्रसाद 'बिस्मिल' का जन्म उत्तर प्रदेश के शहाजहाँपुर जिले में सन् 1897 में हुआ। ब्रिटिश साम्राज्य को दहला देने वाले काकोरी कांड को आपने ही अंजाम दिया था। 19 दिसम्बर 1927 को आपको देशभक्ति के अपराध में अंग्रेजों द्वारा फाँसी दी गई।

सरफरोशी की तमन्ना, अब हमारे दिल में है

एक से करता नहीं है, दूसरा क्यों बातचीत,
देखता हूँ मैं जिसे वो चुप तेरी महफिल में है
सरफरोशी की तमन्ना अब हमारे दिल में है
देखना है जोर कितना बाजू-ए-कातिल में है

ऐ शहीद-ए-मुल्क-ओ-मिल्लत, मैं तेरे ऊपर निसार,
अब तेरी हिम्मत का चरचा गैर की महफिल में है
सरफरोशी की तमन्ना अब हमारे दिल में है

वक्त आने पर बता देंगे, तुझे ओ आसमां,
हम अभी से क्या बताएँ क्या हमारे दिल में है।
सरफरोशी की तमन्ना अब हमारे दिल में है
देखना है जोर कितना बाजू-ए-कातिल में है
खींच कर लाई है सब को कत्ल होने की उम्मीद,

आशिकों का आज जमघट कूचा-ए-कातिल में है
सरफरोशी की तमन्ना अब हमारे दिल में है
देखना है जोर कितना बाजू-ए-कातिल में है

इस गीत को सबसे पहले 'शहीद' फिल्म में लिया गया। उसके बाद कई अन्य फिल्मों में भी इस गीत को फिल्माया गया। यह मूल गीत का केवल संपादित अंश है, जिसे फिल्मों में लिया गया है। 'शहीद' में इस गीत को रफी, मन्नाडे और राजेंद्र मेहता ने गाया है।

रचनाकार

जां निसार अख्तर

14 जनवरी 1914 को मध्यप्रदेश के ग्वालियर में जन्मे अख्तर को शायरी विरासत में मिली। उनके पिता मुस्तार खैराबादी भी मशहूर शायर थे। महज 13 वर्ष की उम्र में अख्तर ने अपनी पहली गजल लिखी थी। अख्तर ने स्नातकोत्तर की शिक्षा अलीगढ़ मुस्लिम विश्वविद्यालय से पूरी की।

एक है अपना जहां, एक है अपना वतन

एक है अपना जहां, एक है अपना वतन
अपने सभी सुख एक हैं, अपने सभी गम एक हैं
आवाज दो, हम एक हैं

ये वक्त खोने का नहीं, ये वक्त सोने का नहीं
जागो वतन खतरे में है, सारा चमन खतरे में है
फूलों के चेहरे जर्द हैं, जुल्फें फजा की गर्द हैं
उमड़ा हुआ तूफान है, खतरे में हिन्दोस्तान है
दुश्मन से नफरत फर्ज है, घर की हिफाजत फर्ज है
बेदार हो, बेदार हो, आमादा-ए-पैकार हो
आवाज दो, हम एक हैं

ये है हिमालय की जमीं, ताजो-अजंता की जमीं
संगम हमारी आन है, चित्तौड़ अपनी शान है

गुलमर्ग का महका चमन, जमना तट गोकुल का मन
गंगा के धारे अपने हैं, ये सब हमारे अपने हैं
कह दो, कोई दुश्मन नजर, उठे न भूले से इधर
कह दो कि हम बेदार हैं, कह दो कि हम तैयार हैं
आवाज दो, हम एक हैं

उठो जवाना ने वतन, बांधे हुए सर से कफन
उठो दकन की ओर से, गंगा-जमन की ओर से
पंजाब के दिल से उठो, सतलज के साहिल से उठो
महाराष्ट्र की खाक से, देहली की अर्जे-पाक से
बंगाल से, गुजरात से, कश्मीर के बागात से
नेफा से, राजस्थान से, कुल खाके-हिन्दोस्तान से
कह दो कि हम बेदार हैं, कह दो कि हम तैयार हैं
आवाज दो, हम एक हैं
आवाज दो, हम एक हैं
आवाज दो, हम एक हैं

हमारे देशभक्ति गीत

यह 'हम एक हैं' फिल्म का प्रसिद्ध गीत है। खैयाम के संगीत से सजे इस गीत को रफी एवं साथियों ने अपनी आवाज से अमर बनाया है।

रचनाकार

कवि प्रदीप कुमार

कवि प्रदीप ने देश भक्ति के असंख्य गीत और कविताएँ लिखे, जिन्हें पढ़कर देश प्रेम से खून गरम हो उठता है। पराधीन भारत में भी आजादी पर ऐसे-ऐसे गीत और कविताएँ लिखे कि उन्हें कई बार अंडर ग्राउंड होना पड़ा। उन्हें 1997-98 का दादा साहब फाल्के पुरस्कार मिला।

ऐ मेरे वतन के लोगों, तुम खूब लगा लो नारा

ऐ मेरे वतन के लोगों, तुम खूब लगा लो नारा
ये शुभ दिन है हम सब का, लहरा लो तिरंगा प्यारा
पर मत भूलो सीमा पर, वीरों ने हैं प्राण गँवाए
कुछ याद उन्हें भी कर लो, जो लौट के घर न आये

ऐ मेरे वतन के लोगों, जरा आँख में भर लो पानी
जो शहीद हुए हैं उनकी, जरा याद करो कुरबानी

जब घायल हुआ हिमालय, खतरे में पड़ी आजादी
जब तक थी साँस लड़े वो, फिर अपनी लाश बिछा दी
संगीन पे धर कर माथा, सो गये अमर बलिदानी
जो शहीद हुए हैं उनकी, जरा याद करो कुरबानी

जब देश में थी दीवाली, वो खेल रहे थे होली
जब हम बैठे थे घरों में, वो झेल रहे थे गोली

थे धन्य जवान वो अपने, थी धन्य वो उनकी जवानी
जो शहीद हुए हैं उनकी, जरा याद करो कुरबानी

कोई सिख कोई जाट मराठा, कोई गुरखा कोई मदरासी
सरहद पर मरनेवाला, हर वीर था भारतवासी
जो खून गिरा पर्वत पर, वो खून था हिंदुस्तानी
जो शहीद हुए हैं उनकी, जरा याद करो कुरबानी

थी खून से लथ-पथ काया, फिर भी बन्दूक उठाके
दस-दस को एक ने मारा, फिर गिर गये होश गँवा के
जब अन्त-समय आया तो, कह गये के अब मरते हैं
खुश रहना देश के प्यारों, अब हम तो सफर करते हैं
क्या लोग थे वो दीवाने, क्या लोग थे वो अभिमानी
जो शहीद हुए हैं उनकी, जरा याद करो कुरबानी

तुम भूल न जाओ उनको, इसलिये कही ये कहानी
जो शहीद हुए हैं उनकी, जरा याद करो कुरबानी

जय हिन्द, जय हिन्द की सेना
जय हिन्द, जय हिन्द, जय हिन्द

सी. रामचंद्र के संगीत से संवरे इस गीत को लता मंगेशकर ने गाया था। इस गीत ने चीन से 1962 के युद्ध के बाद देश में संवेदना की एक लहर पैदा कर दी थी और नेहरू इस गीत से इतना प्रभावित हुए कि उन्होंने लता को गले लगा लिया था।

रचनाकार

भरत व्यास

भरत व्यास ने अपने गीतों में मानवीय संवेदना, विरह-वेदना, संयोग-वियोग, भक्ति व दर्शन का ही समावेश नहीं किया, बल्कि उनके गीतों में सुरम्यता और भाषा शैली का भी अच्छा समावेश था। उन्हें बड़े-बड़े निर्माताओं की फिल्मों में गीत लिखने का अवसर मिला।

ओ पवन वेग से उड़ने वाले घोड़े, तुझ पे सवार है जो

ओ पवन वेग से उड़ने वाले घोड़े
तुझ पे सवार है जो, मेरा सुहाग है वो
रखियो रे आज उनकी लाज हो,
ओ पवन ...

तेरे कंधों पर आज भार है मेवाड़ का
करना पड़ेगा तुझको सामना पहाड़ का
हल्दी घाटी नहीं है काम कोई खिलवाड़ का
देना जवाब वहाँ शेरों की दहाड़ का
घड़ियां तूफान की हैं
तेरे इम्तहान की हैं
रखियो रे आज उनकी लाज हो,
ओ पवन ...

छक्के छुड़ा देना तू दुश्मनों की चाल के
उनकी छाती पे चढ़ना पाँव तू उछाल के
लाना सुहाग मेरा वापस तू सम्भाल के
तेरे इतिहास में अक्षर होंगे गुलाल के
चेतक महान है तू
बिजली की बान है तू
रखियो रे आज उनकी लाज हो,
ओ पवन ...

हमारे
देशभक्ति
गीत

यह गीत 'जय चित्तौड़' फिल्म का है। एसएन त्रिपाठी के संगीत से संवरे इस गीत को लता मंगेशकर ने गाया है।

रचनाकार

कैफी आजमी

कैफी आजमी का जन्म 1919 में ग्राम मजवाँ, आजमगढ़, उ.प्र. में हुआ था। कैफी का मूल नाम अख्तर हुसैन रिज्वी था। आपको राष्ट्रीय पुरस्कार और फिल्मफेयर पुरस्कार मिले हैं। 10 मई 2002 को आपका निधन हुआ।

कर चले हम फिदा जाने-तन साथियो

कर चले हम फिदा जाने-तन साथियो
अब तुम्हारे हवाले वतन साथियो
साँस थमती गई, नब्ज जमती गई
फिर भी बढ़ते कदम को न रुकने दिया
कट गए सर हमारे तो कुछ गम नहीं
सर हिमालय का हमने न झुकने दिया
मरते-मरते रहा बाँकपन साथियो
अब तुम्हारे हवाले वतन साथियो

जिंदा रहने के मौसम बहुत हैं मगर
जान देने की रुत रोज आती नहीं
हुस्न और इश्क दोनों को रुस्वा करे
वह जवानी जो खूँ में नहाती नहीं

आज धरती बनी है दुल्हन साथियो
अब तुम्हारे हवाले वतन साथियो

राह कुर्बानियों की न वीरान हो
तुम सजाते ही रहना नए काफिले
फतह का जश्न इस जश्न के बाद है
जिंदगी मौत से मिल रही है गले
बांध लो अपने सर पे कफन साथियो
अब तुम्हारे हवाले वतन साथियो

खींच दो अपने खूँ से जमी पर लकीर
इस तरफ आने पाए न रावण कोई
तोड़ दो हाथ अगर हाथ उठने लगे
छू न पाए सीता का दामन कोई
राम भी तुम, तुम्हीं लक्ष्मण साथियो
अब तुम्हारे हवाले वतन साथियो

हमारे
देशभक्ति
गीत

यह गीत 'हकीकत' फिल्म का है। मदन मोहन के संगीत से सजे इस गीत को रफी जी ने गाया है।

रचनाकार

राम सिंह ठाकुर

आजाद हिन्द फौज के सिपाही और संगीतकार रहे कै. राम सिंह ठाकुर पिथौरागढ जनपद के मूनाकोट गांव के मूल निवासी थे। वह बचपन से ही संगीत प्रेमी थे। उन्हें आजीवन पीएसी के संगीतकार का मानद पद दिया गया। 15 अप्रैल, 2002 को इनका देहावसान हो गया।

कदम कदम बढ़ाये जा खुशी के गीत गाये जा

कदम कदम बढ़ाये जा
खुशी के गीत गाये जा
ये जिंदगी है कौम की
तू कौम पे लुटाये जा

तू शेर-ए-हिन्द आगे बढ़
मरने से तू कभी न डर
उड़ा के दुश्मनों का सर
जोश-ए-वतन बढ़ाये जा
कदम कदम बढ़ाये जा
खुशी के गीत गाये जा

हिम्मत तेरी बढ़ती रहे
खुदा तेरी सुनता रहे

जो सामने तेरे खड़े
तू खाक में मिलाये जा
कदम कदम बढ़ाये जा
खुशी के गीत गाये जा

चलो दिल्ली पुकार के
गम-ए-निशाँ संभाल के
लाल किले पे गाड़ के
लहराये जा लहराये जा
कदम कदम बढ़ाये जा
खुशी के गीत गाये जा

यह 'कदम कदम बढ़ाए जा' फिल्म का गीत है। बाद में 'नेताजी सुभाष द फोरगटन हीरो' फिल्म में भी इसे लिया गया। इसे शहीद फिल्म में भी लिया गया है, जिसका रूपांतरण राजेंद्र कृष्ण ने किया है।

रचनाकार

राजेंद्र कृष्ण

गीतकार राजेंद्र कृष्ण का जन्म 6 जून 1919 को लाहौर में हुआ। वे बाद में शिमला आ गए और उसके बाद मुंबई उनका आखिरी ठिकाना रहा। मुंबई में आकर उन्होंने हिन्दी फिल्मों के लिए एक से बढ़कर एक यादगार गीतों की रचना की।

जहां डाल डाल पर सोने की चिड़िया करती है बसेरा

गुरुर्ब्रह्मः गुरुर्विष्णुः गुरुर्देवो महेश्वरः
गुरुः साक्षात् परब्रह्मः तस्मै श्री गुरुवे नमः

जहां डाल-डाल पर सोने की चिड़ियां करती हैं बसेरा
वो भारत देश है मेरा...

जहां सत्य, अहिंसा और धर्म का पग-पग लगता डेरा
वो भारत देश है मेरा...
जय भारती... जय भारती...जय भारती...जय भारती...

ये धरती वो जहां ऋषि-मुनि, जपते प्रभु नाम की माला
हरिओम... हरिओम... हरिओम... हरिओम...
जहां हर बालक इक मोहन है, और राधा हर-इक बाला

और राधा इक-इक बाला...
जहां सूरज सबसे पहले आकर डाले अपना घेरा
वो भारत देश है मेरा...

जहां गंगा-जमुना-कृष्णा और कावेरी बहती जाएं
जहां पूरब-पश्चिम उत्तर-दक्षिण को अमृत पिलवाएं
कहीं ये तो फल और फूल उगाएं, केसर कहीं बिखेरा
वो भारत देश है मेरा...

अलबेलों की इस धरती के, त्योहार भी हैं अलबेले
कहीं दिवाली की जगमग है, होली के कहीं मेले
जहां राग-रंग और हंसी-खुशी का चारों ओर है घेरा
वो भारत देश है मेरा...

जहां आसमान से बातें करते, मंदिर और शिवाले
किसी नगर में, किसी द्वार पर, कोई न ताला डाले
और प्रेम की बंसी जहां बजाता आए शाम-सवेरा
वो भारत देश है मेरा...

यह गीत 'सिकंदरे आजम' फिल्म का है। हंसराज के संगीत से संवरे इस गीत को रफी ने गाया है।

रचनाकार

प्रेम धवन

गीतकार प्रेम धवन का जन्म 13 जून 1923 को अम्बाला में हुआ, और लाहौर में स्नातक की शिक्षा पूरी की। प्रेम धवन न केवल गीतकार थे, वरन आपने हिन्दी फिल्मों के लिये कुछ फिल्मों में संगीत दिया, नृत्य निर्देशन किया और अभिनय तक किया। आपको 1970 में पद्मश्री सम्मान मिला।

छोड़ो कल की बातें, कल की बात पुरानी

छोड़ो कल की बातें, कल की बात पुरानी
नए दौर में लिखेंगे, मिल कर नई कहानी
हम हिंदुस्तानी, हम हिंदुस्तानी

आज पुरानी जंजीरों को तोड़ चुके हैं
क्या देखें उस मंजिल को जो छोड़ चुके हैं
चांद के दर पर जा पहुंचा है आज जमाना
नए जगत से हम भी नाता जोड़ चुके हैं
नया खून है नई उमंगें, अब है नई जवानी

हम को कितने ताजमहल हैं और बनाने
कितने हैं अजंता हम को और सजाने
अभी पलटना है रुख कितने दरियाओं का
कितने पर्वत राहों से हैं आज हटाने

आओ मेहनत को अपना ईमान बनाएं
अपने हाथों से अपना भगवान बनाएं
राम की इस धरती को गौतम की भूमि को
सपनों से भी प्यारा हिंदुस्तान बनाएं

दाग गुलामी का धोया है जान लुटा के
दीप जलाए हैं ये कितने दीप बुझा के
ली है आजादी तो फिर इस आजादी को
रखना होगा हर दुश्मन से आज बचा के

हर जर्रा है मोती आँख उठाकर देखो
मिट्टी में सोना है हाथ बढ़ाकर देखो
सोने की ये गंगा है चांदी की जमुना
चाहो तो पत्थर पे धान उगाकर देखो
नया खून है नई उमंगे, अब है नई जवानी
हम हिन्दुस्तानी...

यह गीत 'हम हिन्दुस्तानी' फिल्म का है। इस गीत को उषा खन्ना ने संगीत दिया है और मुकेश एवं साथियों ने अपने स्वरों से इसको अमर बनाया है।

रचनाकार

इन्दीवर

इन्दीवर हिन्दी के एक प्रमुख गीतकार थे। इनका जन्म 1924 में झाँसी (उप्र) में हुआ। उनका असली नाम था श्यामलाल राय। फिल्मी गीतों को इन्दीवर ने कविता के रूप में लिखकर उन्हें एक नया आयाम दिया है, कविता भी ऐसी कि शब्द आम आदमी की जुबान पर आसानी से चढ़ जायें।

जब जीरो दिया मेरे भारत ने दुनिया को तब गिनती आई

जब जीरो दिया मेरे भारत ने, दुनिया को तब गिनती आई
तारों की भाषा भारत ने, दुनिया को पहले सिखलाई

देता ना दशमलव भारत तो, यूँ चाँद पे जाना मुश्किल था
धरती और चाँद की दूरी का, अंदाज लगाना मुश्किल था

सभ्यता जहाँ पहले आई, पहले जनमी है जहाँ पे कला
अपना भारत वो भारत है, जिसके पीछे संसार चला
संसार चला और आगे बढ़ा, ज्यूँ आगे बढ़ा, बढ़ता ही गया
भगवान करे ये और बढ़े, बढ़ता ही रहे और फूले-फले

है प्रीत जहाँ की रीत सदा, मैं गीत वहाँ के गाता हूँ
भारत का रहने वाला हूँ, भारत की बात सुनाता हूँ

काले-गोरे का भेद नहीं, हर दिल से हमारा नाता है
कुछ और न आता हो हमको, हमें प्यार निभाना आता है
जिसे मान चुकी सारी दुनिया, मैं बात वही दोहराता हूँ
भारत का रहने वाला हूँ, भारत की बात सुनाता हूँ

जीते हों किसीने देश तो क्या, हमने तो दिलों को जीता है
जहाँ राम अभी तक है नर में, नारी में अभी तक सीता है
इतने पावन हैं लोग जहाँ, मैं नित-नित शीश झुकाता हूँ
भारत का रहने वाला हूँ, भारत की बात सुनाता हूँ

इतनी ममता नदियों को भी, जहाँ माता कहके बुलाते हैं
इतना आदर इन्सान तो क्या, पत्थर भी पूजे जाते हैं
उस धरती पे मैंने जन्म लिया, ये सोच के मैं इतराता हूँ
भारत का रहने वाला हूँ, भारत की बात सुनाता हूँ

यह गीत 'पूरब और पश्चिम' फिल्म का है। कल्याण जी आनंद जी के संगीत से सजे इस गीत को महेन्द्र कपूर ने गाया है।

रचनाकार

प्रदीप

कवि प्रदीप का मूल नाम रामचंद्र द्विवेदी था। आपने हिंदी फिल्मों के लिये बहुत से यादगार गीत लिखे। उन्हें 1997-98 के दादा साहब फाल्के पुरस्कार से सम्मानित किया गया। बच्चों और बड़ों सभी वर्ग के लोगों में उनके गीत बेहद पसंद हैं।

पासे सभी पलट गए दुश्मनों की चाल के

पास सभी उलट गए दुश्मन की चाल के
अक्षर सभी पलट गए भारत की भाल के
मंजिल पे आया मुल्क हर बला को टाल के
सदियों के बाद फिर उड़े बादल गुलाल के

हम लाये हैं तूफान से किश्ती निकाल के
इस देश को रखना मेरे बच्चो संभाल के
तुम ही भविष्य हो मेरे भारत विशाल के
इस देश को रखना मेरे बच्चो संभाल के

देखो कहीं बरबाद न होवे ये बगीचा
इसको हृदय के खून से बापू ने है सींचा
रक्खा है ये चिराग शहीदों ने बाल के

इस देश को रखना मेरे बच्चो संभाल के
हम लाये हैं तूफान से किश्ती निकाल के

दुनिया के दांव पेंच से रखना न वास्ता
मंजिल तुम्हारी दूर है लंबा है रास्ता
भटका न दे कोई तुम्हें धोखे में डाल के
इस देश को रखना मेरे बच्चो संभाल के
हम लाये हैं तूफान से किश्ती निकाल के

एटम बमों के जोर पे ऐंठी है ये दुनिया
बारूद के इक ढेर पे बैठी है ये दुनिया
तुम हर कदम उठाना जरा देखभाल के
इस देश को रखना मेरे बच्चो संभाल के
हम लाये हैं तूफान से किश्ती निकाल के

आराम की तुम भूल भुलय्या में न भूलो
सपनों के हिंडोलों में मगन हो के न झूलो
अब वक्त आ गया मेरे हंसते हुए फूलो
उठो छलांग मार के आकाश को छू लो
तुम गाड़ दो गगन में तिरंगा उछाल के
इस देश को रखना मेरे बच्चो संभाल के
हम लाये हैं तूफान से किश्ती निकाल के

यह गीत 'जागृति' फिल्म का है। हेमंत कुमार के संगीत से सजे इस गीत को रफी ने गाया है।

रचनाकार

साहिर लुधियानवी

साहिर लुधियानवी का असली नाम अब्दुल हयी साहिर है। उनका जन्म 8 मार्च 1921 में लुधियाना के एक जागीरदार घराने में हुआ था। साहिर की शिक्षा लुधियाना के खालसा हाई स्कूल में हुई। इन्हें मुंबई में कड़ा संघर्ष करना पड़ा, लेकिन कभी पीछे नहीं हटे।

बच्चों तुम तकदीर हो कल के हिन्दुस्तान की

बच्चों तुम तकदीर हो कल के हिन्दुस्तान की
बापू के वरदान की, नेहरू के अरमान की
बच्चों तुम तकदीर...

आज के टूटे खँडहरों पर तुम कल का देश बसाओगे
जो हम लोगों से न हुआ वो तुम कर के दिखलाओगे
तुम नन्हीं बुनियादें हो, दुनिया के नए विधान की
बच्चों तुम तकदीर ...

दीन-धरम के नाम पे कोई बीज फूट का बोए ना
जो सदियों के बाद मिली है वो आजादी खोए ना
हर मजहब से ऊँची है, कीमत इन्सानी जान की
बच्चों तुम तकदीर...

फिर कोई जयचन्द न उभरे फिर कोई जाफर न उठे
गैरों का दिल खुश करने को अपनों पर खंजर न उठे
धन-दौलत के लालच में, तौहीन न हो ईमान की
बच्चों तुम तकदीर ...

नारी को इस देश ने देवी कह कर दासी जाना है
जिसको कुछ अधिकार न हो वो घर की रानी माना है
तुम ऐसा आदर मत लेना, आड़ हो जो अपमान की
बच्चों तुम तकदीर ...

रह न सके अब इस दुनिया में युग सरमाएदारी का
तुमको झंडा लहराना है मेहनत की सरदारी का
तुम चाहो तो बदल के रख दो किस्मत हर इन्सान की
बच्चों तुम तकदीर ...

यह गीत 'दीदी' फिल्म का है। इस गीत को एन. दत्ता ने अपना संगीत दिया है, तो मोहम्मद रफी ने अपनी आवाज के जादू से इसे अमर बना दिया है।

रचनाकार

पी. के. मिश्रा

राजस्थान में जन्मे पी. के. मिश्रा 'छोटी सी आशा' नामक गीत से प्रसिद्ध हुए और फिर इन्होंने पीछे मुड़कर नहीं देखा। 25 दिसंबर 2008 को 65 वर्ष की आयु में इनका देहांत हो गया।

भारत हमको जान से प्यारा है सबसे न्यारा गुलिस्तां हमारा है

भारत हमको जान से प्यारा है
सबसे न्यारा गुलिस्तां हमारा है

सदियों से भारत भूमि, दुनिया की शान है
भारत माँ की रक्षा में, जीवन कुर्बान है
भारत हमको जान से प्यारा है ...

उजड़े नहीं अपना चमन, टूटे नहीं अपना वतन
गुमराह न कर दे कोई, बर्बाद न कर दे कोई
मन्दिर यहाँ मस्जिद यहाँ, हिन्दु यहाँ मुस्लिम यहाँ
मिलते रहे हम प्यार से, जागो ...

हिन्दुस्तानी नाम हमारा है, सबसे प्यारा देश हमारा है

जन्मभूमि है हमारी, शान से कहेंगे हम
सब ही तो भाई भाई, प्यार से रहेंगे हम
हिन्दुस्तानी नाम हमारा है, भारत हमको जान से प्यारा है

आसाम से गुजरात तक, बंगाल से महाराष्ट्र तक
जाति कई धुन एक है, भाषा कई सुर एक है
कश्मीर से मद्रास तक, कह दो सभी हम एक हैं
आवाज दो हम एक हैं, जागो ...

बालचंदर्स कवितालय की तमिल फिल्म 'रोजा' का गीत 'तमिजा तमिजा', हिंदी में अनुवादित होकर हुआ 'भारत हमको जान से प्यारा है' और इसे ए. आर. रहमान ने संगीत दिया। इसमें तमिलनाडु की गौरवशाली गाथा थी, जिसे हिन्दी में सारी भारत भूमि से जोड़ दिया गया।

रचनाकार

शैलेंद्र

शैलेन्द्र का जन्म 30 अगस्त, 1923 को रावलपिंडी (अब पाकिस्तान) में हुआ। उनका पूरा नाम शंकरदास केसरी लाल शैलेन्द्र था, जो फिल्मी दुनिया में "शैलेन्द्र" के नाम से लोकप्रिय हुए। उनके पिता केसरी लाल मूलतः बिहार से संबंध रखते थे। शैलेंद्र अपने चारों भाईयों में बड़े थे।

मत रो माता लाल तेरे बहुतेरे

मत रो माता लाल तेरे बहुतेरे,
मत रो माता लाल तेरे बहुतेरे,
जन्मभूमि के काम आया मैं,
बड़े भाग हैं मेरे
मत रो माता लाल तेरे बहुतेरे
मत रो...

हँस कर मुझको आज विदा कर
जनम सफल हो मेरा
रोता जग में आया
हँसता चला ये बालक तेरा
मत रो माता लाल तेरे बहुतेरे
मत रो...

कल मैं नहीं रहूँगा, लेकिन
जब होगा अन्धियारा
तारों में तू देखेगी
हँसता एक नया सितारा
मत रो माता लाल तेरे बहुतेरे
मत रो...

फिर जनमूँगा उस दिन
जब आजाद बहेगी गंगा
उन्नत भाल हिमालय पर
जब लहरायेगा तिरंगा
मत रो माता लाल तेरे बहुतेरे
जन्मभूमि के काम आया मैं
बड़े भाग हैं मेरे
मत रो माता लाल तेरे बहुतेरे
मत रो...

हमारे देशभक्ति गीत

यह गीत 'नंदिनी' फिल्म का है। एस डी बर्मन के संगीत से सजे इस गीत को मन्ना डे ने अपनी मधुर आवाज में अमर किया है।

रचनाकार

प्रेम धवन

13 जून 1923 को अंबाला में जन्मे प्रेम धवन ने लाहौर के एफसी कॉलेज से ग्रेजुएशन किया। मशहूर गीतकार साहिर उनके सहपाठी थे और पूर्व प्रधानमंत्री इंद्रकुमार गुजराल सीनियर छात्र। प्रेम धवन बचपन से ही गीत लिखते थे।

मेरा रंग दे बसंती चोला मां ए रंग दे बसंती चोला

मेरा रंग दे बसंती चोला, मां ए रंग दे बसंती चोला
बड़ा ही गहरा दाग है यारो जिसका गुलामी नाम है
उसका जीना भी क्या जीना, जिसका देश गुलाम है
सीने में जो दिल था यारो, आज बना वो शोला
मेरा रंग दे बसंती चोला

दम निकले इस देश की खातिर बस इतना अर्मान है
एक बार इस राह में मरना सौ जन्मों के समान है
देख के वीरों की कुरबानी अपना दिल भी बोला
मेरा रंग दे बसंती चोला
ओ मेरा रंग दे बसंती चोला, ओय रंग दे बसंती चोला
मां ए रंग दे बसंती चोला
जिस चोले को पहन शिवाजी खेले अपनी जान पे

जिसे पहन झांसी की रानी मिट गई अपनी आन पे
आज उसी को पहन के निकला हम मस्तों का टोला
मेरा रंग दे बसंती चोला
ओ मेरा रंग दे बसंती चोला
मां ए रंग दे बसंती चोला

'रंग दे बसंती' मूल गीत रामप्रसाद बिस्मिल ने लिखा था। लेकिन कई फिलमों में यह उसी आधार पर अन्य लेखकों ने लिखा। यहां यह 'शहीद' फिलम का रूपांतरित गीत है। इसका संगीत लेखक प्रेम धवन ने ही दिया है और महेंद्र, मुकेश एवं राजेंद्र मेहता ने मिलकर इसे गाया है।

रचनाकार

आनंद बख्शी

21 जुलाई 1930 को रावलपिंडी (अब पाकिस्तान में) में जन्मे बख्शी ने पहले सेना में बोर्ड आपरेटर के तौर पर नौकरी की थी लेकिन सपना गायक के तौर पर ख्याति पाने का था, इसलिए कुछ साल की उधेड़बुन के बाद वह मुंबई चले गए और वहीं पैर जमा लिए।

मेरी जान के प्यारे, तुझको तेरा देश पुकारे

मेरी जान के प्यारे तुझको तेरा देश पुकारा जा
जा भैया, जा बेटा, जा मेरे यारा जा...

देखो वीर जवानों अपने, खून पे ये इल्जाम न आये
मां ना कहे कि अपने ही बेटे वक्त पड़ा तो काम न आये
देखो वीर जवानों अपने, खून पे ये इल्जाम न आये
देखो वीर जवानों ...

हम पहले भारतवासी
फिर हिन्दू मुस्लिम सिख इसाई
हम पहले भारतवासी
नाम जुदा है तो क्या भारत माँ के सब बेटे हैं भाई
अब्दुल उसके बच्चों को पाले, जो घर वापस राम न आये

देखो वीर जवानों अपने, खून पे ये इल्जाम न आये
देखो वीर जवानों...

अँधा बेटा युद्ध पे चला तो
ना जा न जा उसकी माँ बोली
वह बोला कम कर सकता हूँ
मैं भी दुश्मन की एक गोली
जिक्र शहीदों का हो तो क्यों, उनमें मेरा नाम न आये
देखो वीर जवानों अपने, खून पे ये इल्जाम न आये
देखो वीर जवानों...

अच्छा चलते हैं,
कब आएंगे, ये कहना मुश्किल होगा
तुम कहती हो, खत लिखना
खत लिखने से क्या हासिल होगा
खत के साथ रणभूमि से, विजय का जो पैगाम न आये
देखो वीर जवानों अपने, खून पे ये इल्जाम न आये
मां ना कहे कि अपने ही बेटे वक्त पड़ा तो काम न आये
देखो वीर जवानों अपने, खून पे ये इल्जाम न आये

यह गीत 'आक्रमण' फिलम का है, जिसे लक्ष्मीकांत प्यारेलाल ने संगीतबद्ध किया और किशोर कुमार ने गाया है।

रचनाकार

गुलशन बावरा

गुलशन बावरा के नाम से मशहूर गुलशन मेहता का जन्म 12 अप्रैल, 1937 को अविभाजित भारत शैखुपुरा (अब पाकिस्तान) में हुआ था। उन्होंने हिन्दी फिल्म उद्योग के अपने यादगार सेवा काल में 250 गीत लिखे। उनकी मत्यु 7 अगस्त 2009 को हुई।

मेरे देश की धरती सोना उगले उगले हीरे मोती

मेरे देश की धरती सोना उगले, उगले हीरे मोती
मेरे देश की धरती ...ओ...ओ...हो...हो...हो....

बैलों के गले में जब घुंघरू जीवन का राग सुनाते हैं
गम कोसों दूर हो जाता है खुशियों के कमल मुस्काते हैं
सुनके रहट की आवाजें यूँ लगे कहीं शहनाई बजे
आते ही मस्त बहारों के दुल्हन की तरह हर खेत सजे,
मेरे देश ...

जब चलते हैं इस धरती पे हल, ममता अंगड़ाइयाँ लेती है
क्यूँ ना पूजे इस माटी को जो जीवन का सुख देती है
इस धरती पे जिसने जनम लिया, उसने ही पाया प्यार तेरा
यहाँ अपना पराया कोई नहीं है सब पे है माँ उपकार तेरा
मेरे देश ...

ये बाग है गौतम नानक का, खिलते हैं चमन के फूल यहाँ
गांधी, सुभाष, टैगोर, तिलक, ऐसे हैं अमन के फूल यहाँ
रंग हरा हरी सिंह नलवे से रंग लाल है लाल बहादुर से
रंग बना बसंती भगत सिंह, रंग अमन का वीर जवाहर से,
मेरे देश ...

यह गीत 'उपकार' फिल्म का है। कल्याण जी आनंद जी के संगीत से सजे इस गीत को महेंद्र एवं साथियों ने गाया है।

रचनाकार

आनंद बख्शी

सुपर स्टार राजेश खन्ना के कैरियर को बुलंदियों पर पहुंचाने में आनंद बख्शी के गीतों का अहम योगदान रहा है। राजेश खन्ना अभिनीत फिल्म आराधना में लिखे गाने मेरे सपनो की रानी कब आएगी तू.. के जरिये राजेश खन्ना सुपर स्टार बन गए थे।

मेरा कर्मा तू मेरा धर्मा तू

मेरा कर्मा तू मेरा धर्मा तू
तेरा सब कुछ मैं मेरा सब कुछ तू

हर करम अपना करेंगे, ऐ वतन तेरे लिए
दिल दिया है जां भी देंगे, ऐ वतन तेरे लिए

तू मेरा कर्मा तू मेरा धर्मा तू मेरा अभिमान है
ऐ वतन महबूब मेरे तुझपे दिल कुर्बान है
हम जियेंगे या मरेंगे ऐ वतन तेरे लिए
दिल दिया है जां भी देंगे ...

हिन्दू मुस्लिम सिख ईसाई हमवतन हमनाम हैं
जो करे इनको जुदा मजहब नहीं इल्जाम है

हम जियेंगे या मरेंगे, ऐ वतन तेरे लिए

तेरी गलियों में चलाकर नफरतों की गोलियां
लूटते हैं सब लुटेरे दुल्हनों की डोलियां
लुट रहे हैं आप वो अपने घरों को लूट कर
खेलते हैं बेखबर अपने लहू से होलियां
हम जियेंगे या मरेंगे ...

हमारे देशभक्ति गीत

यह गीत 'कर्मा' फिल्म का है। लक्ष्मीकांत प्यारेलाल के संगीत से सजे इस गीत को मो. अजीज एवं कविता कृष्णमूर्ति ने गाया है।

रचनाकार

साहिर लुधियानवी

साहिर लुधियानवी का असली नाम अब्दुल हयी साहिर है। उनका जन्म 8 मार्च 1921 में लुधियाना के एक जागीरदार घराने में हुआ था। कॉलेज के दिनों में वे अपने शे'रों के लिए ख्यात हो गए थे। जीविका चलाने के लिये उन्होंने तरह-तरह की छोटी-मोटी नौकरियाँ भी कीं।

ये देश है वीर जवानों का अलबेलों का मस्तानों का

ये देश है वीर जवानों का
अलबेलों का मस्तानों का
इस देश का यारों ... होय!!
इस देश का यारों क्या कहना
ये देश है दुनिया का गहना

ओ... ओ...
यहाँ चौड़ी छाती वीरों की
यहाँ भोली शक्लें हीरों की
यहाँ गाते हैं राँझे ... होय!!
यहाँ गाते हैं राँझे मस्ती में
मस्ती में झूमें बस्ती में

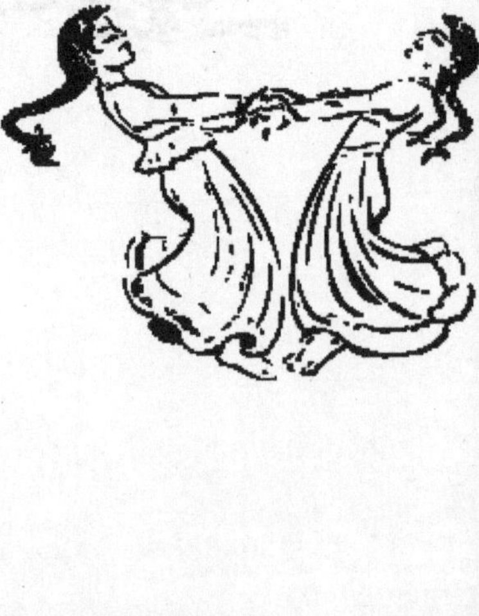

ओ... ओ...
पेड़ों में बहारें झूलों की

राहों में कतारें फूलों की
यहाँ हँसता है सावन ... होय!!
यहाँ हँसता है सावन बालों में
खिलती हैं कलियाँ गालों में

ओ... ओ...
कहीं दंगल शोख जवानों के
कहीं कर्तब तीर कमानों के
यहाँ नित नित मेले ... होय!!
यहाँ नित नित मेले सजते हैं
नित ढोल और ताशे बजते हैं

ओ... ओ...
दिलबर के लिये दिलदार हैं हम
दुश्मन के लिये तलवार हैं हम
मैदां में अगर हम ... होय!!
मैदां में अगर हम डट जाएं
मुश्किल है के पीछे हट जाएं
हुर्र हे !! हा!!
हुर्र हे !! हा!!
हुर्र हे !! हा!
अड़िपा! अड़िपा! अड़िपा!

हमारे देशभक्ति गीत

यह गीत 'नया दौर' फिल्म का है। इसे ओ. पी. नैयर ने संगीतबद्ध किया और रफी, बलबीर एवं साथियों ने इसे गाया है।

रचनाकार

बंकिम चन्द्र चट्टोपाध्याय

बंकिम चन्द्र चट्टोपाध्याय का जन्म 26 जून, सन् 1838 में एक परंपरागत और समृद्ध बंगाली परिवार में हुआ था। उनकी शिक्षा हुगली कालेज और प्रेसीडेंसी कालेज में हुई। उनका निधन अप्रैल 1891 में हुआ।

वंदे मातरम्

राष्ट्रीय गीत

वंदे मातरम्
सुजलां सुफलां मलयजशीतलाम्
शस्य श्यामलां मातरंम्
शुभ्रज्योत्स्नाम् पुलकितयामिनीम्
फुल्लकुसुमित द्रुमदलशोभिनीम्,
सुहासिनीं सुमधुरभाषिणीम्
सुखदां वरदां मातरम्
वंदे मातरम्

सप्त कोटि कंठ कलकल निनादकराले
द्विसप्तकोटिभुजैर्धृत खरकरवाले
केन ना एत बले अबला!
बहुबलधारिणीम् नमामि तारिणीम्

रिपुदलवारिणीम् मातरम्
वंदे मातरम्

तुमि विद्या तुमि धर्म, तुमि हृदि तुमि मर्म
त्वं हि प्राणाः शरीरे
बाहुते तुमि मा शक्ति,
हृदये तुमि मा भक्ति,
तोमारि प्रतिमा गाडि मन्दिरे-मन्दिरे
त्वं हि दुर्गा दशप्रहरणधारिणी
कमला कमलदल विहारिणी
वाणी विद्यादायिनी, नमामि त्वाम्
नमामि कमलां अमलां अतुलाम्
सुजलां सुफलां मातरम्
वंदे मातरम्
श्यामलां सरलां सुस्मितां भूषिताम्
धरणीं भरणीं मातरम्
वंदे मातरम्

7 नवम्बर 1876 को बंगाल के कांतल पाडा गांव में बंकिम चन्द्र चटर्जी ने 'वंदे मातरम' की रचना की। 1816 में रवीन्द्र नाथ टैगोर ने पहली बार 'वंदे मातरम' को बंगाली शैली में लय और संगीत के साथ कलकत्ता के कांग्रेस अधिवेशन में गाया।

रचनाकार

राजा मेहदी अली खां

राजा मेहदी अली खां का जन्म 1928 में अविभाजित भारत करीमाबाद में हुआ था। इन्होंने फिल्मी गीतों में नए-नए प्रयोग किए और उनमें सफलता भी हासिल की। 29 जुलाई 1996 को इनका देहावसान हुआ।

वतन की राह में वतन के नौजवां शहीद हों

वतन की राह में वतन के नौजवां शहीद हो
पुकारते हैं ये जमीन-ओ-आसमां शहीद हो

शहीद तेरी मौत ही तेरे वतन की जिंदगी
तेरे लहू से जाग उठेगी इस चमन में जिंदगी
खिलेंगे फूल उस जगह पे तू जहाँ शहीद हो
वतन की ...

गुलाम उठ वतन के दुश्मनों से इंतकाम ले
इन अपने दोनों बाजुओं से खंजरों का काम ले
चमन के वास्ते चमन के बागबां शहीद हो
वतन की...

पहाड़ तक भी कांपने लगे तेरे जुनून से
तू आसमां पे इन्कलाब लिख दे अपने खून से
जमीं नहीं तेरा वतन है आसमां शहीद हो
वतन की ...

वतन की लाज जिसको थी अजीज अपनी जान से
वो नौजवान जा रहा है आज कितनी शान से
इस एक जवान की खाक पर हर इक जवां शहीद हो
वतन की ...

है कौन खुशनसीब माँ कि जिसका ये चिराग है
वो खुशनसीब है कहाँ ये जिसके सर का ताज है
अमर वो देश क्यूँ न हो कि तू जहाँ शहीद हो
वतन की ..

यह गीत 'शहीद' फिल्म का है। गुलाम हैदर के संगीत से सजे इस गीत को रफी साहब ने गाया है।

रचनाकार

श्यामलाल गुप्त पार्षद

विजयी विश्व तिरंगा प्यारा झंडा ऊँचा रहे हमारा

श्यामलाल गुप्त पार्षद का जन्म 9 सितंबर 1896 में कानपुर के नरवल में हुआ था। उनके पिता का नाम विशेश्वर प्रसाद और माता का नाम कौशल्या देवी था। आप स्वतंत्रता सेनानी गणेशशंकर विद्यार्थी और पुरुषोत्तमदास टंडन के घनिष्ठ मित्र रहे।

विजयी विश्व तिरंगा प्यारा, झंडा ऊँचा रहे हमारा

सदा शक्ति बरसाने वाला, प्रेम सुधा सरसाने वाला
वीरों को हरषाने वाला, मातृभूमि का तन-मन सारा
झंडा ऊँचा रहे हमारा

स्वतंत्रता के भीषण रण में, लखकर जोश बढ़े क्षण क्षण में
काँपे शत्रु देखकर मन में, मिट जावे भय संकट सारा
झंडा ऊँचा रहे हमारा

इस झंडे के नीचे निर्भय, हो स्वराज जनता का निश्चय
बोलो भारत माता की जय, स्वतंत्रता ही ध्येय हमारा
झंडा ऊँचा रहे हमारा

आओ प्यारे वीरों आओ, देश जाति पर बलि बलि जाओ
एक साथ सब मिलकर गाओ, प्यारा भारत देश हमारा
झंडा ऊँचा रहे हमारा

इसकी शान न जाने पावे, चाहे जान भले ही जावे
विश्व विजय करके दिखलावे, झंडा ऊँचा रहे हमारा
विजयी विश्व तिरंगा प्यारा, झंडा ऊँचा रहे हमारा

हमारे देशभक्ति गीत

यह एक प्रसिद्ध राष्ट्रीय गीत है, जो 'आजादी की राह पर' फिल्म से है। जे. डी. कपूर के संगीत से सजे इस गीत को बी. एस. नानजी और साथियों ने गाया है।

रचनाकार

भरत व्यास

भरत व्यास का जन्म 18 सितंबर 1918 को चुरू राजस्थान में हुआ था। उन्हें बचपन से ही गीत लिखने का शौक था। 'ये कौन चित्रकार है' नामक गीत से प्रसिद्धि मिली और फिर नित नई बुलंदियां छूते गए। 4जुलाई 1982 को मुंबई में इनका देहांत हुआ।

सुन ले बापू ये पैगाम मेरी चिट्ठी तेरे नाम

सुन ले बापू ये पैगाम, मेरी चिट्ठी तेरे नाम
चिट्ठी में सबसे पहले, लिखता तुझको राम राम
सुन ले बापू ये पैगाम...

काला धन काला व्यापार, रिश्वत का है गरम बाजार
सत्य अहिंसा करें पुकार टूट गया चरखे का तार
तेरे अनशन सत्याग्रह के बदल गये असली बर्ताव
एक नई विद्या उपजी जिसको कहते हैं घेराव
तेरी कठिन तपस्या का ये कैसा निकला अंजाम
सुन ले बापू ये पैगाम...

प्रांत प्रांत से टकराता है माया पर भाषा की लात
मैं पंजाबी तू बंगाली कौन करे भारत की बात

तेरी हिंदी के पाँव में अंग्रेजी ने डाली डोर
तेरी लकड़ी ठगों ने ठग ली, तेरी बकरी ले गये चोर
साबरमती सिसकती तेरी तड़प रहा है सेवाग्राम
सुन ले बापू ये पैगाम...

राम राज की तेरी कल्पना उड़ी हवा में बन के कपूर
बच्चों ने पढ़ना लिखना छोड़ा तोड़ फोड़ में हैं मगरूर
नेता हो गये दल बदलू देश की पगड़ी रहे उछाल
तेरे पूत बिगड़ गये बापू दारू बंदी हुई हलाल
तेरे राजघाट पर फिर भी फूल चढ़ाते सुबह शाम
सुन ले बापू ये पैगाम...

'बालक' फिल्म के इस लोकप्रिय गीत को दत्ताराम ने संगीत दिया है और सुमन कल्याणपुर ने इसे गाया है। इस गीत को लता ने भी गाया है।

रचनाकार

शैलेंद्र

शंकरदास केसरीलाल शैलेन्द्र हिन्दी के एक प्रमुख गीतकार थे। रावलपिंडी में जन्मे इस महान गीतकार ने राज कपूर के साथ बहुत काम किया। इन्होंने कई ऐसे सदाबहार गीत दिए, जो आज भी लोगों द्वारा गुनगुनाएं जाते हैं।

होंठों पे सच्चाई रहती है, जहाँ दिल में सफाई रहती है

होठों पे सच्चाई रहती है, जहाँ दिल में सफाई रहती है
हम उस देश के वासी हैं, हम उस देश के वासी हैं
जिस देश में गंगा बहती है

मेहमां जो हमारा होता है, वो जान से प्यारा होता है
ज्यादा का नहीं लालच हमको, थोड़े में गुजारा होता है
बच्चों के लिये जो धरती माँ सदियों से सभी कुछ सहती है
हम उस देश के वासी हैं, हम उस देश के वासी हैं
जिस देश में गंगा बहती है

कुछ लोग जो ज्यादा जानते हैं इन्सान को कम पहचानते हैं
ये पूरब है पूरबवाले, हर जान की कीमत जानते हैं
मिलजुलके रहो और प्यार करो एक चीज यही जो रहती है

हम उस देश के वासी हैं, हम उस देश के वासी हैं
जिस देश में गंगा बहती है

जो जिससे मिला सीखा हमने, गैरों को भी अपनाया हमने
मतलब के लिये अन्धे होकर, रोटी को नहीं पूजा हमने
अब हम तो क्या सारी दुनिया, सारी दुनिया से कहती है
हम उस देश के वासी हैं, हम उस देश के वासी हैं
जिस देश में गंगा बहती है

हमारे देशभक्ति गीत

यह गीत 'जिस देश में गंगा बहती है' फिल्म का है। शंकर जयकिशन के संगीत से सजे इस गीत को मुकेश जी ने गाया है।

रचनाकार

आनंद बख्शी

आनंद बख्शी का जन्म रावलपिंडी (जो अब पाकिस्तान में है) में 21 जुलाई 1930 को हुआ। जब दस वर्ष के हुए तो माँ सुमित्रा का देहान्त हो गया। बँटवारे के बाद 2 अक्तूबर 1947 को पाकिस्तान से भारत आ गये। मुंबई आये तो थे गायक बनने लेकिन गीतकार के रूप बहुत सफल रहे।

हिमालय की बुलंदी से सुनो आवाज है आई

हिमालय की बुलंदी से सुनो आवाज है आई
कहो माओं से दे बेटे, कहो बहनों से दे भाई
वतन पे जो फिदा होगा, अमर वो नौजवाँ होगा
रहेगी जब तलक दुनिया, यह अफसाना बयाँ होगा
वतन पे जो फिदा होगा, अमर वो नौजवाँ होगा

हिमालय कह रहा है, इस वतन के नौजवानों से
खड़ा हूँ संतरी बनके, मैं सरहद पे जमानों से
भला इस वक्त देखूँ कौन मेरा पासबाँ होगा
वतन पे जो फिदा होगा, अमर वो नौजवाँ होगा

चमन वालों की गैरत को है सैय्यादों ने ललकारा
उठो हर फूल से कह दो कि बन जाये वो अंगारा

नहीं तो दोस्तों रुसवा, हमारा गुलस्तिाँ होगा
वतन पे जो फिदा होगा, अमर वो नौजवाँ होगा
रहेगी जब तलक दुनिया, यह अफसाना बयाँ होगा
वतन पे जो फिदा होगा अमर वो नौजवाँ होगा

हमारे एक पड़ोसी ने, हमारे घर को लूटा है
भरम इक दोस्ती का था, ऐसे आज टूटा है
कि अब हर दोस्त पे दुनिया को दुश्मन का गुमाँ होगा
वतन पे जो फिदा होगा, अमर वो नौजवाँ होगा
रहेगी जब तलक दुनिया, यह अफसाना बयाँ होगा

सिपाही देते हैं आवाज, माताओं को, बहनों को
हमें हथियार ले दो, बेच डालो अपने गहनों को

यह गीत 'फूल बने अंगारे' फिल्म का है। कल्याण जी आनंद जी के संगीत से सजे इस गीत को मोहम्मद रफी ने गाया है।

कि इस कुर्बानी पे कुर्बान वतन का हर जवाँ होगा
वतन पे जो फिदा होगा, अमर वो नौजवाँ होगा
रहेगी जब तलक दुनिया, यह अफसाना बया होगा
वतन पे जो फिदा होगा, अमर वो नौजवाँ होगा

◆◆◆